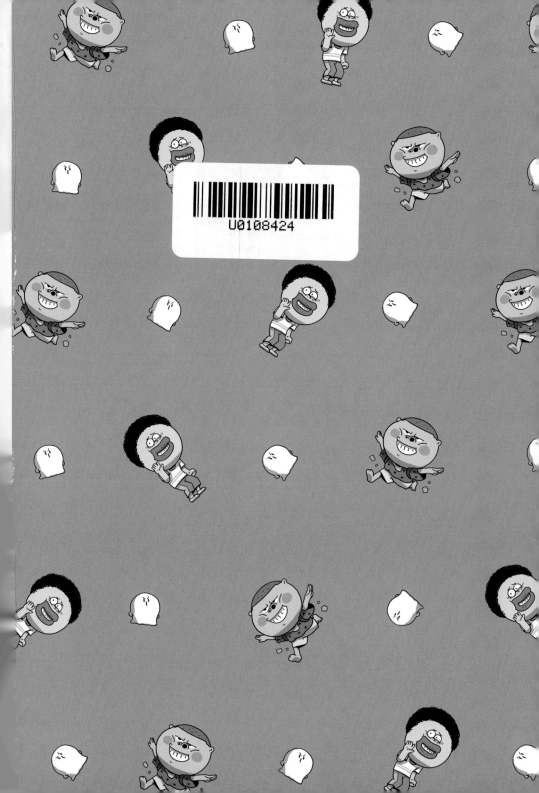

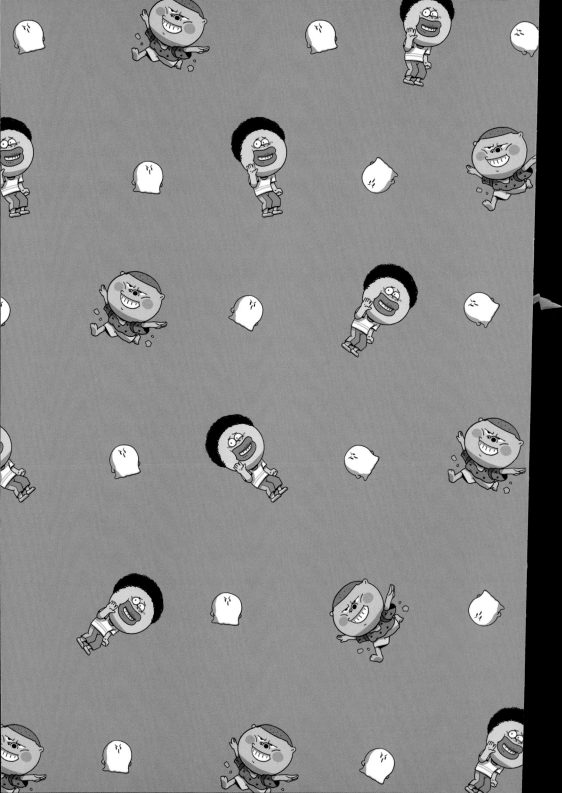

慌失失捉鬼團 ①

橋下的神秘鬼影

羅熊氏 著 ｜ 車車 繪 ｜ 何莉莉 譯

慌失失捉鬼團1

橋下的神秘鬼影

作　　者：羅熊氏（라곰씨）

繪　　圖：車車（차차）

翻　　譯：何莉莉

責任編輯：林沛暘、陳奕祺

美術設計：陳雅琳、劉麗萍

出　　版：新雅文化事業有限公司

　　　　　香港英皇道 499 號北角工業大廈 18 樓

　　　　　電話：（852）2138 7998

　　　　　傳真：（852）2597 4003

　　　　　網址：http://www.sunya.com.hk

　　　　　電郵：marketing@sunya.com.hk

發　　行：香港聯合書刊物流有限公司

　　　　　香港荃灣德士古道220-248號荃灣工業中心16樓

　　　　　電話：（852）2150 2100

　　　　　傳真：（852）2407 3062

　　　　　電郵：info@suplogistics.com.hk

印　　刷：中華商務彩色印刷有限公司

　　　　　香港新界大埔汀麗路 36 號

版　　次：二〇二三年十月初版

ISBN: 978-962-08-8274-6

기괴하고 요상한 귀신딱지1 © 2019 by LAIKAMI

All rights reserved

First published in Korea in 2019 by LAIKAMI

This translation rights arranged with LAIKAMI

Through Shinwon Agency Co., Seoul

Traditional Chinese Edition © 2020, 2023 by Sun Ya Publications (HK) Ltd.

18/F, North Point Industrial Building, 499 King's Road, Hong Kong

Published in Hong Kong SAR, China

Printed in China

慌失失捉鬼團 ①

橋下的神秘鬼影

羅熊氏 著 | 車車 繪 | 何莉莉 譯

新雅文化事業有限公司
www.sunya.com.hk

角色介紹

古仔

一位能看見鬼魂的少年，他巨大的左邊鼻孔可以嗅到鬼魂的氣味。他通過「鬼符文具屋」，從1980年代穿越到現在。

蛋蛋鬼

一隻因為煮得太久而遺憾地死去的雞蛋鬼魂，他在捉鬼團中擔當重要的情報員。

羅烏冬

一位膽小的少年，非常非常怕鬼。他聽信文具屋大叔的話，一直努力收集惡鬼符咒，以解除看到鬼魂的詛咒。

文具屋大叔

在過去50年間，他表面上是「鬼符文具屋」的老闆，實際上卻是負責捉鬼的人間守護天使——木偶。他最近迷上了女團「粉紅少女」，以致無心工作。

金先生

開心雜貨舖的老闆，他跟「鬼符文具屋」老闆是一對歡喜冤家，更是永遠的死對頭。

伍草兒

羅烏冬暗戀的獨特少女，她是女團「粉紅少女」的狂熱粉絲。

危險的捉迷藏

1986年的某個夏日

　　「想玩捉迷藏的人過來這裏！」古仔高舉着大拇指呼喊，朋友們都紛紛跑過來和應。

　　「我要玩！」

　　「我也要玩！」

　　古仔最好的朋友東仔連跑帶跳地衝過來，但大家毫不意外，他又是最後一個來到。

　　「每次都是我捉人！」東仔咕噥着。

　　「誰叫你每次都跑得最慢？」古仔說。

古仔朝着開心雜貨舖的方向跑去。

「藏在這裏該不會被發現吧？哈哈哈！」他心想。

可是出名心胸狹窄的開心雜貨舖老闆金先生，一閃身擋在古仔面前。

不買東西就想快溜！

話一說完，他就「啪」的一聲關上了門。

金先生

開心雜貨舖

啪

好嚇人！

「都藏好了嗎？」

負責捉人的東仔伸長脖子，大聲喊起來。

「不行，我還沒藏好！」

古仔焦急得一邊快步奔走，一邊四處張望。

咚！

原來是開心雜貨舖煤炭倉庫的門鎖掉在地上，大門「嘰嘰嘰」地打開來。

古仔如箭離弦，跑進了煤炭倉庫，關上大門。大概是因為這裏沒有窗戶，因此即使是大白天，倉庫裏也漆黑一片。

　　「呃……是不是有點……有點可怕呢？」

　　古仔眨眨眼睛，希望自己可以儘快適應這黑暗的環境。

　　「我還是出去找其他地方躲藏吧？」

　　這時，他依稀聽到《捉迷藏歌》的歌聲。

藏好啦！別讓我看到你的頭髮啊！

　　古仔把臉貼在門縫，偷偷看外面的情況，他發現本來站在電燈柱前的東仔已經不見了。

　　「咦？剛剛還聽到他在唱歌啊！」

　　突然，不知從哪裏傳來了一陣奇怪的氣味。

「鬼⋯⋯鬼⋯⋯鬼啊！」

古仔全身觸電似的手腳亂舞起來，然後他向着
大門猛力一踢，逃跑出去，直奔向對面馬路的鬼符
文具屋。

古仔一口氣跑進鬼符文具屋，氣喘吁吁地休息了一會兒。文具屋裏一個人都沒有，非常安靜。

然而這個時候，收銀櫃枱後的暗房卻傳來一連串「喀噠喀噠」的聲音。

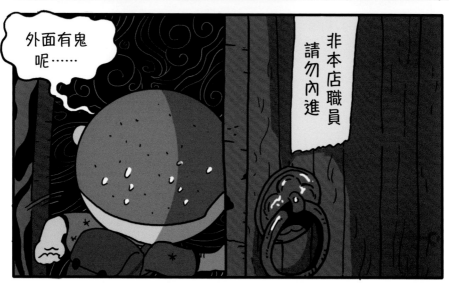

古仔好奇地走進暗房，沒想到房間裏竟然擺滿了各種各樣的玩具！古仔驚訝得很，一下子就把剛才撞見鬼的事忘記得一乾二淨。

「這種符咒倒是第一次見呢。」

古仔撿起一張沾滿灰塵的紙，上下左右仔細地研究起來。這分明是一張符咒，上面卻什麼都沒畫，真奇怪！

「難道這是……」

「嘭」的一聲，暗房的門毫無預警地關上了！

「啊，嚇死人啦！」

古仔慢慢地向門那邊走過去。

「為什麼門會突然⋯⋯咦？門呢？」

古仔在房間裏轉了一圈，但怎麼也找不到通往外面的門。

「剛才這裏明明有門呀！」

古仔用拳頭大力敲打牆壁，高聲呼喊：「喂！大叔！快幫我開門！」

不過，暗房外什麼聲音都沒有。

「嗚嗚嗚！我以後再也不玩捉迷藏了！」

氣急敗壞的古仔在房間裏跑了幾圈，累得一頭倒在地板上，似乎快要睡着了。臨睡前，他還在喃喃自語：「我要回家⋯⋯」

不知過了多久，外面傳來吵吵鬧鬧的人聲，把古仔從沉睡中喚醒。他猛地睜開眼睛，問：「咦？外面有人嗎？」

房門像在回應古仔一樣，「哐噹」一聲打開了。

「噢，打⋯⋯打開了！」

古仔馬上站起來，飛快地跑出房間。

「各位！我在這……」

從暗房裏跑出來的古仔看到眼前的景象，震驚得頓時說不出話來，學校周圍的環境跟他平日所見的完全不一樣！

「你……你是古仔嗎？」文具屋大叔用一副見鬼的神情望着古仔說道。

這是哪裏啊？

　　煩躁不已的文具屋大叔憤怒地向古仔埋怨：
「你知道這段日子，因為你引起了多大的麻煩
嗎？」

　　「什麼？」

　　「唉，算了。無論如何，先想辦法把你送回
去再說吧。」

　　「什麼意思啊？把我送回去？」

　　大叔深深歎了一口氣，然後說：「聽好了，
這裏並不是你生活的1986年。」

　　「什麼意思啊？」

　　「你剛剛通過那間暗房，從33年前穿越過
來這裏。」

　　「什麼從33年前穿越過來？」

　　「就是說你現在身處33年後的未來！」

「喂，大叔，不要開玩笑了！如果我來到了33年後的未來，為什麼你一點都沒有變老？」

古仔挖挖鼻孔，斜眼看着文具屋大叔。

「這當然是有原因的。你不信的話，就親自看看吧！」

「這⋯⋯這是什麼？」古仔驚訝地問道。

「這是33年前，關於你失蹤的新聞。」

「嘩！好神奇啊！這部小機器是微型電視機嗎？」

新聞　娛樂　體育　熱門　漫畫　論壇
請輸入關鍵詞或URL

3個訂閱

港聞版

時事新聞　1986年7月27日（歷史新聞回顧）

開心小學學生「古仔」失蹤！

（快訊）最後的目擊者——開心雜貨舖老闆金先生：

左邊鼻孔特別大的古仔！

毫無線索地人間蒸發！

在捉迷藏期間失蹤！

報料熱線：3634-1949

古仔瞪大眼睛，把文具屋大叔的手提電話一把搶了過來。

「喂！不要光研究電話，先看看這段新聞！」

古仔被文具屋大叔教訓一番後，才開始認真地看新聞內容。

　　文具屋大叔一邊搶過手機，一邊說道：「就是因為你闖進那個暗房，才會引起這些混亂。你快點給我回到過去！」

　　「你是說真……的嗎？」

　　古仔難堪地笑了笑，背起書包。

　　「你做什麼？你想去哪裏？」

　　「當然是回家呀！」

文具屋大叔擋在古仔身前，阻止他離開。

「回家？不行！絕對不行！如果你家人看見現在的你，便會扭曲過去和未來的時空。這樣你就永遠回不去了！」

27

「因為我覺得在未來世界生活，似乎會更有趣。」

古仔話一出口，文具屋大叔恍如聽到什麼恐怖宣言一樣，全身發抖，說：「千萬不要！你不回去的話，我會出大事的⋯⋯不，應該是你會出大事的。」

「大事？」

「對！萬一⋯⋯萬一你回不去的話⋯⋯」大叔支支吾吾。

「回不去的話？」

就會變成鬼魂！

鬼⋯⋯鬼魂？

突然，有人狠狠打開文具屋的門，匆匆忙忙地
跑了進來。

「啊——好可怕，好可怕啊！」

那……那……
那裏有鬼！

有鬼？我已經
變成鬼了嗎？

不，不是
這樣啦。

　　雞蛋的鬼魂——蛋蛋鬼從闖進來那男孩的一頭鬈髮中冒出來，抱怨道：「這孩子真的不行，這究竟是第幾次失敗了？」

　　當古仔發現了蛋蛋鬼，不禁嚇得眼珠和鼻孔都睜得大大的。

　　「嘩！它⋯⋯它也是⋯⋯鬼魂嗎？」

　　這回輪到文具屋大叔嚇得目瞪口呆了，他睜大眼問古仔：「你看到那隻雞蛋？」

古仔帶着一臉明知故問的神情望向大叔，問：
「你是說這隻軟綿綿的雞蛋吧？」

文具屋大叔發出了一陣耐人尋味的笑聲，說：
「原來你看得見鬼魂啊！」

文具屋大叔突然搭在古仔的肩膀上，鄭重地說：「古仔啊，看來你來到這裏是命運的安排。」
「咦？命運？」
「沒錯，因為⋯⋯」

因為你中了詛咒！

詛咒？

⋯

他也中了詛咒？

沒錯，這是看見鬼魂的詛咒。

「解開詛咒的方法只有一個！」

文具屋大叔雙手用力地捧着古仔圓圓的臉龐，繼續說道：「一定要把鬼魂捉回來。」

「咦，鬼魂嗎？」

「正確來說，是讓人類受苦的『惡鬼』。」

「我怎麼可能捉住這些可怕的東西？」古仔皺着眉頭，吞吞吐吐地說。

「這你就不用擔心，有我在！其實我並不是人類，所以我在這些年才沒有變老。」

「不是人類？那你是鬼嗎？」

「不，不是這樣的。我是木偶，木偶！」

「木……什麼？木頭？」

「錯，不是木頭，是木偶！」

「嗯，那麼說，你到底是什麼？」

嗯……簡單來說就是類似守護天使的存在。

充滿仙氣

大叔是天使？

「烏多，把那個東西給我。」

烏多在腰間摸索了一下，便把一個小錦囊取下來，遞給文具屋大叔。

大叔小心翼翼地從錦囊裏拿出一張紙，問：「你知道這是什麼嗎？」

「我剛剛見過啊，就是那個限量版符咒嘛。」

「錯，這不是一般的符咒。」文具屋大叔說，微微翹起一邊嘴角。

這是可以封印鬼怪幽靈的「惡鬼符咒」。

封印？惡鬼符咒？

緊張

只要用這張惡鬼符咒封印住一百隻惡鬼，就可以解除你的詛咒了。

這男孩也在捉鬼！

古仔驚訝地問：「不過，你剛剛不是說我要快點回到過——」

文具屋大叔突然捂住古仔的嘴巴，輕聲說：「小聲一點！我早說了，如果讓別人知道你是從過去來到這裏的話，你就永遠回不去！」

「啊呃呃呃。」（翻譯：我知道了。）

大叔這才鬆開捂住古仔嘴巴的手。

「現在你先專心捉鬼吧！回到過去的事情，我會慢慢替你想辦法的。」

「知道！」

大叔拿出一張紙遞給古仔，說：「好，那就在這裏簽名吧。」

這樣簽對嗎？

對，字要寫好一點。

文具屋大叔把古仔和烏冬召集起來。

「你們兩個來打個招呼吧。從現在開始，你們就是一隊了。」

「咦？一隊？」古仔和烏冬互相上下打量着對方，然後皺起眉頭。

古仔喊：「我不要！」

烏冬叫：「我不要！」

二人同時大聲喊了出來。

怒火中燒

不要？那你們想一輩子都看見鬼魂嗎？

也……也不是……

文具屋大叔怒氣全消，表情再次開朗起來，說：「好！那就開始吧。現在馬上來試試捉惡鬼好嗎？」

　　他拿起手提電話，點擊進入驚慄論壇。

　　「人們會在這個網站內談論都市怪談和恐怖傳說，有時候可以在這裏找到一些有用的惡鬼線索，例如……」

草兒理髮店

消失的人們

即使夏日炎炎，烈日當空，依然有很多人來到碧水川散步。古仔看到眼前的風景，興奮得周圍蹦蹦跳跳，跑來跑去。

「這裏的變化大得完全認不出來呢！」古仔歎道。

「呼！我為什麼要跟那個傻瓜一隊啊？」烏多一邊擰乾被水弄濕的衣服，一邊抱怨道。

　　這時，藏在烏多頭髮內的蛋蛋鬼跳出來說：「我才無奈吧！要帶着你們兩個傻瓜。」

　　「什麼？你的意思是我跟他一樣傻？」

　　儘管烏多看起來十分生氣，蛋蛋鬼卻不以為然地繼續說：「你們還是抓緊時間吧，太陽快要下山了。」

　　就如蛋蛋鬼所說，天空已經開始出現晚霞。烏多和古仔必須在日落之前，找到「惡鬼出沒地帶」才行。

　　「喂！古仔，你聽我說。從現在開始──什麼呀？他又跑到哪裏了？」

「哼！給我捉到你，有你受的了！」

烏冬邁步向前跑，緊追在古仔後面，但是沒跑了多遠，古仔和烏冬都停下了腳步。

嗚嗚嗚嗚……

橋底漆黑一片，氣氛有點陰森恐怖。

蛋蛋鬼一本正經地看着古仔和烏冬，說：「這裏就是驚慄論壇上提到的碧水川猛鬼橋，不少人都在這裏無聲無息地消失……那大概是惡鬼的傑作吧。」

不好了！
太陽即將
下山了。

　　蛋蛋鬼指着火紅的晚霞說道：「快點行動！我們一定要在天黑之前抓到惡鬼！」

　　「啊⋯⋯知道了。喂，古仔，書包！」

　　「好。」

　　古仔取下背着的書包，提起來往下一倒，馬上有數十包香口膠掉下來。那是文具屋大叔放進去的，讓他們用來編織捕鬼網。

「為什麼香口膠裏會有漫畫？」烏冬一手搶過古仔的漫畫，大聲喊道。

古仔反問他：「你也是第一次看到漫畫泡泡糖嗎？」

烏冬沒有回答，反而狠狠地瞪着古仔，然後把香口膠遞給他。

「沒時間陪你玩了，快點嚼香口膠。」

「看來真的是第一次見啊，呸！沒見識……」

「什麼？我沒見識？你才沒見識呢！看到什麼都要驚訝一番！」

不要再吵了！這樣下去，惡鬼都走光了！

那是因為真的很新奇啊！

天天都看見的東西有什麼好新奇！

古仔和烏冬同時別過臉，背對背站着。

「哼！」古仔說。

「哼！」烏冬道。

「唉，真是頭痛……對着你們兩個，我恐怕很快就變成發臭的雞蛋鬼魂了。」

蛋蛋鬼深深歎一口氣，搖搖頭，說：「你們吵完了吧？現在可以開始準備捉惡鬼了吧？太陽下山後，惡鬼的力量會增加，到時想捉住它們就更難了。」

　　古仔和烏多按照文具屋大叔教他們的方法，用香口膠來編織捕鬼網。

　　「我們之後要怎麼做？」古仔一邊拉出香口膠，一邊問蛋蛋鬼。

　　「現在要把惡鬼召喚出來，你們有帶惡鬼符咒吧？」蛋蛋鬼看到二人點點頭，便繼續說下去，「那就安靜地等待惡鬼出現。」

　　一個少女突然出現，古仔和烏多不禁嚇得向後退了一大步。

　　「咦？伍……草兒？」

　　烏多看清那少女是誰後，神情變得開朗起來。相反草兒卻木無表情，看來一點也不高興。

　　「你們到底在做什麼？」少女再問一遍。

　　「啊，這……這個……」烏多支吾以對。

「惡鬼？」草兒驚訝地看着他們。

「不，不是！我們只是覺得無聊，才會開玩笑……」烏多吞吞吐吐的，為了轉移話題，他急忙說，「草兒，你來這裏做什麼？」

「我要去電視台看粉紅少女演出，剛好路過這裏。」

「咦？原來你也跟其他人一樣，喜歡看……女團？」烏多害羞地問草兒，不過草兒只顧着看時間，沒有聽清楚他說的話。

「啊！我快要遲到了。」

　　草兒說罷便從橋上跳下來，但她竟不小心一腳踩空，往後倒下去。

爲多做惡鬼嚇得全身顫抖，害怕地說：「草兒啊……快躲開……」

「哦？」

當草兒轉身向後望的時候，惡鬼已將張開蜘蛛網般的黑色長髮，瞬間把草兒的身體捲了起來。

「為什麼這張符咒一點效果都沒有？」古仔不知所措地看着蛋蛋鬼，問道。

「我剛剛就說了嘛！不是有惡鬼符咒就可以捉住它們的，只有在惡鬼的力量減弱時，才能開啟符咒！」

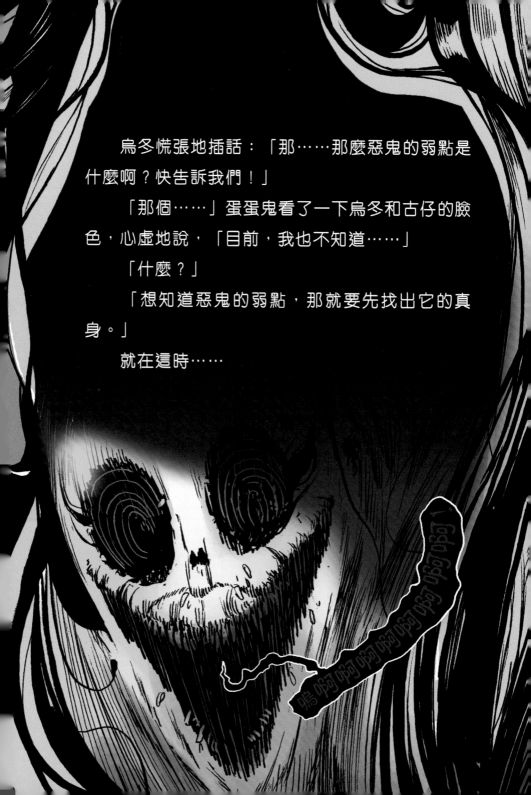

烏多慌張地插話：「那……那麼惡鬼的弱點是什麼啊？快告訴我們！」

「那個……」蛋蛋鬼看了一下烏多和古仔的臉色，心虛地說，「目前，我也不知道……」

「什麼？」

「想知道惡鬼的弱點，那就要先找出它的真身。」

就在這時……

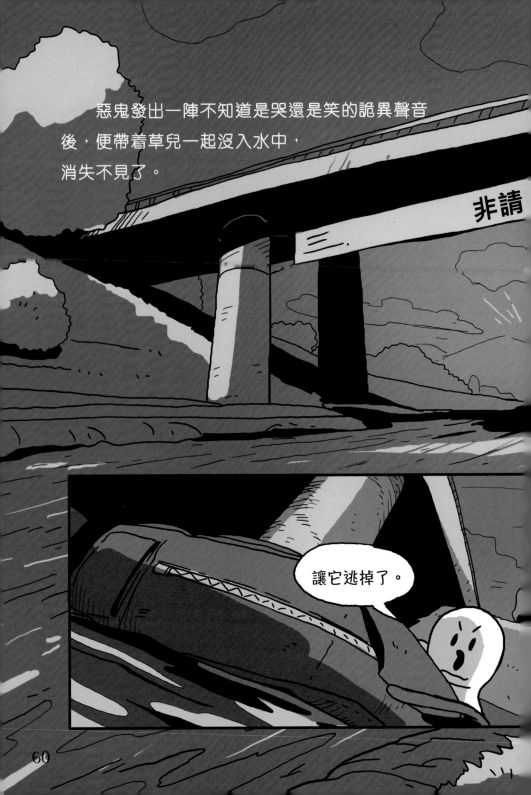

惡鬼的真正身分

「粉！紅！少！女！我！愛！你！們！」

文具屋大叔正興奮地揮動着女團「粉紅少女」的應援手燈，高聲呼喊着應援口號。

忽然，有人用力地拉開文具屋的大門，緊接着跑進來的是古仔和烏冬。

「大叔！呼⋯⋯呼⋯⋯出⋯⋯出大事了！」二人氣喘吁吁地叫道。

文具屋大叔完全陶醉在粉紅少女的演出中，沉迷得聽不到古仔和烏多的話。

「啊⋯⋯是嗎⋯⋯噢？你們說什麼？」

「我的同學伍草兒被惡鬼綁架了⋯⋯」

「啊！怎麼可以這麼可愛啊？你們看見她們拋媚眼嗎？」

烏多和古仔再也忍不下去，「啪」的一聲關上了大叔的手提電腦。

「大叔！」

文具屋大叔嚇了一跳，目光呆滯地眨眨眼睛。

「大叔，你不是說自己是大家的守護天使嗎？」烏冬焦急地大喊。

這時大叔終於反應過來，一臉抱歉地望向烏冬，說：「啊……是呀……我剛才有點過分呢，對不起——你們兩個小子以為我會這樣說嗎？居然敢妨礙我看粉紅少女演出！」

文具屋大叔一把抓住烏冬厚厚的嘴唇，用力地上下搖晃。

烏多滿臉不服氣地瞪着文具屋大叔，他只好拍拍雙手道：「哼，姑且放你一馬。」

　　文具屋大叔一改剛才的態度，抱着雙臂，看着古仔和烏多說：「反正興致都給你們掃光了，繼續你們剛才說的話吧。」

　　「事情是這樣的⋯⋯」二人把在碧水川的經歷娓娓道來。

　　「驚慄論壇上說的是真有其事？碧水川大橋下面真的有惡鬼出沒？」

　　「是的⋯⋯」還在生氣的烏多不情不願地回答。

　　「惡鬼現身的準確位置是哪裏？在橋上？橋下？地面？還是水裏？」

「嗯……在水裏呀……」

文具屋大叔摸了摸他兩撇鬍鬚，陷入沉思。

「那傢伙應該是水鬼。」

「是……是水鬼？」

「對，那是惡鬼中的惡鬼。」

烏多聽到這番話，頓時變得像冰塊一樣僵硬。

「咦，那麼我們改捉別的鬼好了。這裏不就有一隻嗎？不如先捉住蛋蛋鬼吧。」古仔一邊說，一邊從掛在腰間的錦囊裏拿出惡鬼符咒。

　　蛋蛋鬼氣得飛起來朝古仔的額頭撞過去，怒喝：「你說什麼？少胡鬧了！」

　　「哎呀！」古仔摸着被撞痛的額頭。

「別吵了！全部給我安靜！」文具屋大叔怒氣沖沖地向古仔和蛋蛋鬼大叫，「你們知道現在事情有多嚴重嗎？」

「哼⋯⋯我們怎麼會知道。」古仔反駁。

文具屋大叔瞪了一眼還在絮絮叨叨的古仔，然後指着收銀櫃枱後面的暗房說：「你們兩個！跟我進來。」

　　進入暗房後，文具屋大叔雙手叉腰，環視着房間，喃喃自語：「在哪裏呢⋯⋯我把它放在哪裏了呢？」

文具屋大叔從書架上取出一本古老的《百鬼全書》，輕輕翻開。

　　「水鬼在哪一頁呢？水鬼⋯⋯」文具屋大叔專心地查找資料，沒想到古仔正在玩的彈弓拳竟然一拳打在他的臉上。

　　為了平息心中的怒火，文具屋大叔深呼吸一
下，徐徐說道：「你們都過來。」

　　古仔、烏冬和蛋蛋鬼紛紛走過來，一起看《百
鬼全書》。

1. 會把人捲入水底的惡鬼。
2. 水鬼在水下始，水下終。

「水下始，水下終？這句是什麼意思？」

「這要靠你們自己破解了。」

文具屋大叔看了看手錶，說：「我要繼續看粉紅少女的演出，你們別再打擾我啦！」

烏多聽到這話，傷心欲絕地摸摸草兒的背包，說：「草兒也是粉紅少女的歌迷呢⋯⋯」

文具屋大叔瞟了烏多一眼，隨即瞪大雙眼，驚訝地說：「等一下！這個莫非是⋯⋯」

文具屋大叔從烏冬手中搶過草兒的背包。

「啊！大叔，你做什麼？」

背包裏除了有粉紅少女的手燈外，還有歌迷會會員證和手提電話。他拿起草兒的歌迷會會員證，仔細查看。

「她的代號是可愛小桔⋯⋯原來她是粉紅少女成員桔莉的站姐*——可愛小桔！」

*站姐：經營偶像應援網站的人，會在偶像活動中拍照片，並在網上發布。

這時候，鬼符文具屋外傳來了「滴滴答答」的水聲。

糟糕了。

怎麼了？

喵

「水鬼遇水會變得更強，如果一直下雨的話，情況會對我們越來越不利。」

「什麼？那我們趕緊回去碧水川吧……」

「它不在那裏。你們已經亮出惡鬼符咒，它怎會留在那裏送死呢？既然暴露了行蹤，它一定會逃到別的地方去。」

文具屋大叔拿出手提電話，看一看天氣預報。

「今天晚上竟然有暴雨？」

古仔難以置信地望着文具屋大叔，問：「大叔，你怎麼知道的？」

他馬上意識到是大叔那部手提電話作怪，便說：「嗯，是這個微型電視機告訴你的？我也想要！能不能給我一部？可以嗎？可以嗎？就給我一部……」

啪！

「要是今天讓我見到這隻水鬼，我一定不會輕易放過它。不過，假如有水浸就麻煩了⋯⋯」

「麻煩？」烏多咽了咽口水，疑惑地看着大叔。

「水浸的話，水鬼可以藏在水裏到處移動，吞噬更多人類。」

「嘩！」古仔提議，「那我們等雨停了再去捉它，不就行了嗎？」

　　文具屋大叔卻不屑地看着眾人，說：「你們知道被水鬼捉住的人會怎麼樣嗎？」

　　「會……會怎麼樣？」烏冬小心翼翼地問。

　　「只要過了當晚12時……」

烏冬將裝着惡鬼符咒的錦囊緊緊繫在腰間，說道：「在哪裏？水鬼藏在哪裏了？」

　　「水鬼喜歡藏在陰暗、潮濕，而且水源充足的地方。我們先找一下哪裏有這樣的地方吧！」

　　古仔不假思索地指着開心雜貨舖旁邊的煤炭倉庫。

　　「嗯，那裏……」

古仔解釋：「捉迷藏怪可不可以把水鬼找出來？」

烏冬聽了吃驚地說：「什麼？捉迷藏怪？為什麼要召喚鬼怪出來？我不要！」

一直安靜地聽着二人對話的大叔開口道：「不，這也許是個好辦法。我們試試看吧！我負責捉人，你們準備一下。」

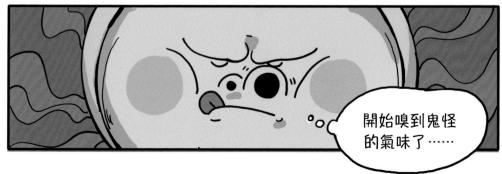

藏好啦⋯⋯別讓我看到水鬼的頭
髮啊⋯⋯
藏好啦⋯⋯別讓我看到水鬼的頭
髮啊⋯⋯

捉迷藏怪唱着令人毛骨悚然的歌，慢悠悠地旋
轉着——一圈，兩圈，突然停住了。

找到了！嘻嘻嘻嘻嘻嘻！

它向着某個地方高速溜了出去。
「快點跟着它！」
「走吧！」
古仔和烏多冒着大雨衝出去，沒入黑暗。

追蹤水鬼的下落

　　捉迷藏怪溜着溜着，把他們帶到一條破爛的後巷。

　　古仔和烏多環視周圍的環境，卻嗅不到一絲水鬼的氣息。

　　烏多抓抓頭，說：「真的是在這裏嗎？會不會搞錯了？」

　　蛋蛋鬼跟古仔和烏多說：「捉迷藏怪必須擁抱到自己尋找的對象，遊戲才會結束。」

　　「啊……討厭。」

　　「它又不是惡鬼，你用不着那麼討厭它。」

　　「長得這麼醜，還敢說不是惡鬼。」烏多抱怨着，不料蛋蛋鬼認真地回道：「如果你們單憑鬼怪的長相來判斷善惡，那就大錯特錯了。」

這時，古仔突然舉起手。

「等等！」

古仔的鼻孔好像感知到了什麼，不停地顫動。

「我嗅到了……好像有什麼氣味。」

「真的？哪裏？哪裏？」烏多用恐懼的眼神朝四周張望。

呵呵呵呵呵呵——

為了擁抱水鬼，捉迷藏怪向着水鬼飛撲過去。
但就在一眨眼之間，水鬼一口吞下了捉迷藏怪。

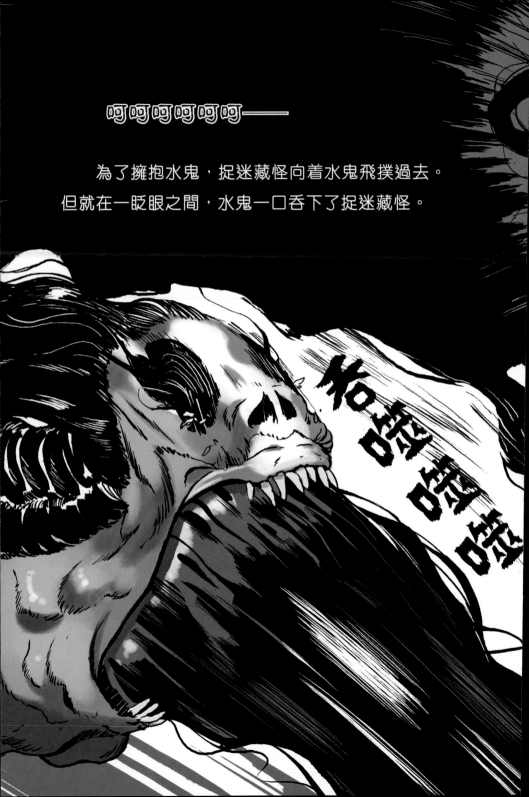

古仔和烏多禁不住大聲尖叫。

「蛋蛋鬼！現在應該怎麼做？」

「不⋯⋯我不知道！你們自己想辦法吧。」被嚇怕的蛋蛋鬼趕緊藏進烏多那一頭鬈髮裏。

「嗯？你不幫我們，我們該怎麼辦？」烏多不停抱怨。

蛋蛋鬼再次從頭髮裏冒出來，大聲喊道：「古仔的書包裏不是有很多木偶準備的工具嗎？你們按照說明書的指示來做就可以了。」

古仔和烏多手忙腳亂地把書包打開來。

遲些再看吧！

說明書在這裏！

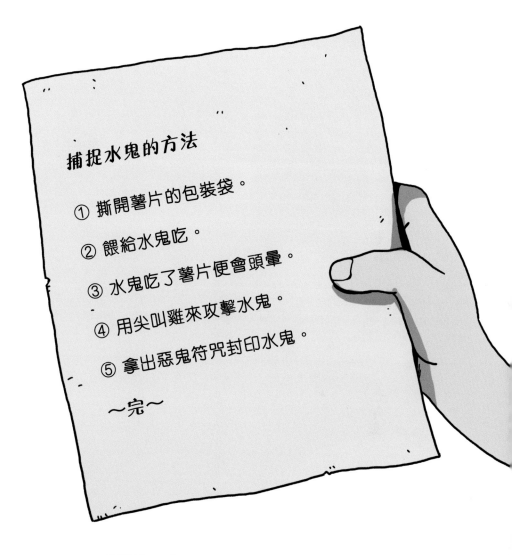

「薯片？」

烏冬把書包裏的東西全部倒出來，但找不到什麼薯片。古仔挖了挖鼻孔，尷尬地說：「那個……我已經吃掉了。」

　　水鬼用頭髮纏住古仔的腳，再把他狠狠甩出去。古仔一頭撞向烤雞店的窗戶，連玻璃也打碎了。

　　「古仔！」烏冬趕緊跑過來確認古仔的情況。

　　古仔似乎受到很大的衝擊，他精神恍惚，嘻皮笑臉地碎碎唸着：「一隻炸雞……兩隻炸雞……嘻嘻嘻！」

　　「喂，你振作一點！」

一陣冰冷的氣息襲來，令烏多感到後頸發涼。他回頭看了一眼，原來水鬼站在他後面，慢慢地蠕動着。

　　「你⋯⋯你想做什麼？」

　　他仔細一看，發現水鬼竟然把它那把長長的頭髮伸進水井裏。

　　「不妙了！」蛋蛋鬼從烏多的鬈髮裏冒出來大叫。

它想讓水逆流啊！

「逆流？」烏冬不解地問。

蛋蛋鬼咽了一下口水，續道：「它想堵住所有下水道，製造洪水！」

「什麼？那真的不妙了！」

「我們要馬上阻止它！書包裏面還有什麼？木偶明明放了很多東西進去啊。」

「書包內嗎？」

烏冬從書包內摸出一隻尖叫雞。

這是什麼鬼東西啊？

倒地

然而，古仔好像被什麼吸引住一樣，目不轉晴地盯着尖叫雞。

「呼，我明白了。」

「什麼？你明白了什麼？」

接着，古仔用熾熱的目光看着烏多說：「我知道《百鬼全書》中那句『水下始，水下終』是什麼意思了。」

「那是什麼意思？」蛋蛋鬼插話道。

古仔沒有回答，只是高舉着尖叫雞，一步一步走向水鬼。

「喂！你想做什麼？」蛋蛋鬼追問。

古仔緊握着尖叫雞，轉了幾圈後用盡全力擲出去。

「看招！」

啪！

去那邊啊！

現⋯⋯現在怎麼辦？

105

最後一戰

「等一等！門下留人！」

古仔和烏多臉色發青，大聲呼叫着奔往澡
堂。

可是，澡堂老闆早已在門外掛上「休息」牌。

「有什麼事嗎？今天的營業時間已經結束了啊。」

「結束？」

古仔和烏多氣喘如牛地向後望。

　　「啊，沒錯！我的計劃是⋯⋯」古仔眨動着眼睛，不斷思考。

　　「糟糕，我忘了。嘻！」古仔吐吐舌頭說。

　　「你這個笨蛋！我看你根本就沒有計劃，對不對？」烏多緊抓着古仔的衣領，把他甩得搖頭晃腦。

突然，掛在天花板的燈一閃一閃的，其中幾盞燈更熄滅了。

　　「咦？停電了嗎？」烏冬抬頭看着天花板說。

　　蛋蛋鬼倚着牆壁，皺着眉頭，神情嚴肅地宣告。

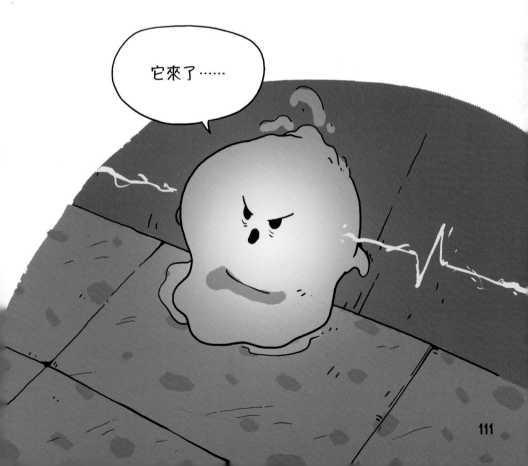

它來了……

蛋蛋鬼拉扯着烏多的頭髮大喊：「打起精神來！水鬼身上一定有弱點的！」

這時候，古仔的腦袋再次靈光一閃。

「各位，我想起剛才的計劃是什麼了！我們要先跳進浴池裏！」

在那邊！

水鬼的頭髮不斷伸展，越伸越長，向着古仔和烏冬飛過來。

水鬼將尖叫着的烏冬一把扯向浴池。

為了逃出水鬼的魔爪，烏多用盡全身氣力拚命掙扎。

「啊！哎呀！」

可是，他越掙扎，水鬼束縛得越緊。

「救命啊！」有一瞬間，烏多依稀聽到了草兒的聲音從某個地方傳來。

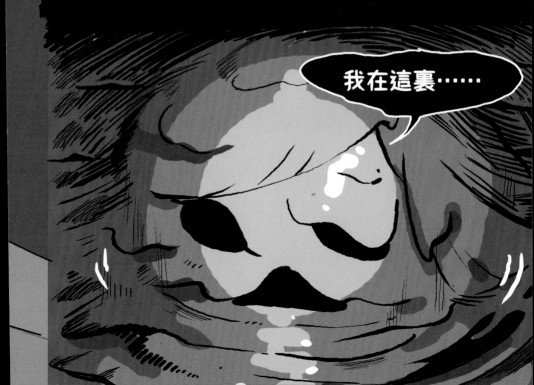

我在這裏……

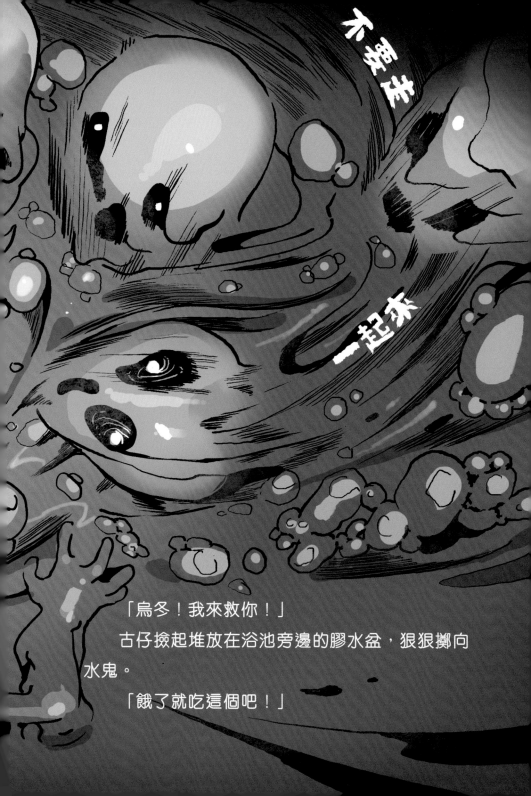

「烏冬！我來救你！」
　古仔撿起堆放在浴池旁邊的膠水盆，狠狠擲向
水鬼。
　「餓了就吃這個吧！」

嘩啦！一條水柱從天花板傾瀉而下。

「怎⋯⋯怎⋯⋯怎麼了？」

古仔驚慌失措地後退兩步，驟然發現一塊石製的指示牌。

「冷水⋯⋯淋浴？」

原來古仔扔出去的膠水盆，不小心打中了冷水浴池中開啟淋浴的按鈕。

水柱像洶湧的瀑布一樣，重重打在水鬼頭上，那水鬼竟來去如風般，突然消失不見了。烏冬把握機會，趕緊從浴池裏爬出來。

　　「有……有救了！咳咳，咳咳！」

感謝我吧！

這全都是你害的！

「我？為什麼是我害的？」古仔一臉無辜地說。

「是你把我們帶進澡堂的！你不知道在水源充足的地方，水鬼的力量會變得更強嗎？笨蛋！」烏多罵道。

「你說什麼？你是罵我笨蛋嗎？」

「沒錯！那又怎樣？」

古仔和烏多頭碰着頭，激烈地爭吵起來。蛋蛋鬼忍不住插話：「喂！現在是吵架的時候嗎？先把該做的事做完吧！快把惡鬼符咒拿出來……」

這水鬼可是貨真價實的「水鬼」，淋了浴池水後，它的身軀變得比剛才更加巨大，於是它更肆無忌憚地對古仔和烏冬展開攻擊。

「嘩啊啊啊！」

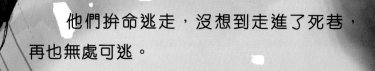

他們拚命逃走，沒想到走進了死巷，再也無處可逃。

二人站在中藥桑拿浴室前，束手無策。這時，古仔嚴肅、凝重地看着烏冬說：「烏冬！你躲在裏面吧！」

　　「什麼？我自己一個人躲進去？」

　　古仔沒有理會，只是拉開門，將烏冬推進去。

　　「喂，你想做什麼？」烏冬用刀敲打着玻璃門，大聲叫喊。

「古仔！避開！」待在桑拿浴室裏的烏多望向
打算犧牲自己的古仔大喊。

　　古仔這才回望烏多一眼，笑嘻嘻地說：「對不
起了……」

　　「嗯？」烏多還沒反應過來。

水鬼就像期待已久那般，飛快地衝向烏冬。

「成功了！」

古仔以最快的速度關上門，把水鬼關在裏面。水鬼抵受不住桑拿浴室內的熱氣，開始不停掙扎和呻吟。

嗚啊啊啊啊！呃啊啊啊啊！

「嘩啊啊啊啊！水鬼進來了！」嚇破膽的烏冬也大聲吶喊，他胡亂地拍着門，想要離開這裏。但古仔只是緊閉雙眼，安靜等待着。

「再堅持一會兒……就一會兒……」他心裏默唸着。

不一會，水鬼的動作越來越小，桑拿浴室裏漸漸安靜下來。

「好了！現在是機會了！」

水鬼不斷尖聲怪叫，最後終於被吸進惡鬼符
咒裏。

古仔拿着這個寫着「水鬼」的鬼符，感到一陣頭昏腦漲。

「我真的成功捉到水鬼了？」

剛剛擺脫惡夢的烏冬失神地看着古仔，道：「你這壞蛋……居然敢用我做誘餌？」

「除了這樣做，我實在想不到其他方法捉住水鬼了！」

說着說着，那些給水鬼吞沒進去的人陸陸續續恢復意識。

　　古仔、烏多和蛋蛋鬼趕在被人發現之前，悄悄離開了澡堂。

安全歸來

　　為了捉住水鬼，古仔和烏多都精疲力盡。他們
踏着虛浮的腳步，回到了鬼符文具屋。

　　二人報告：「大叔，我們把水鬼捉住了⋯⋯」

　　文具屋大叔坐在椅子上打瞌睡，迷迷糊糊地回
答：「嗯⋯⋯是嗎⋯⋯把水鬼捉住──什麼？」他
一下子驚醒過來。

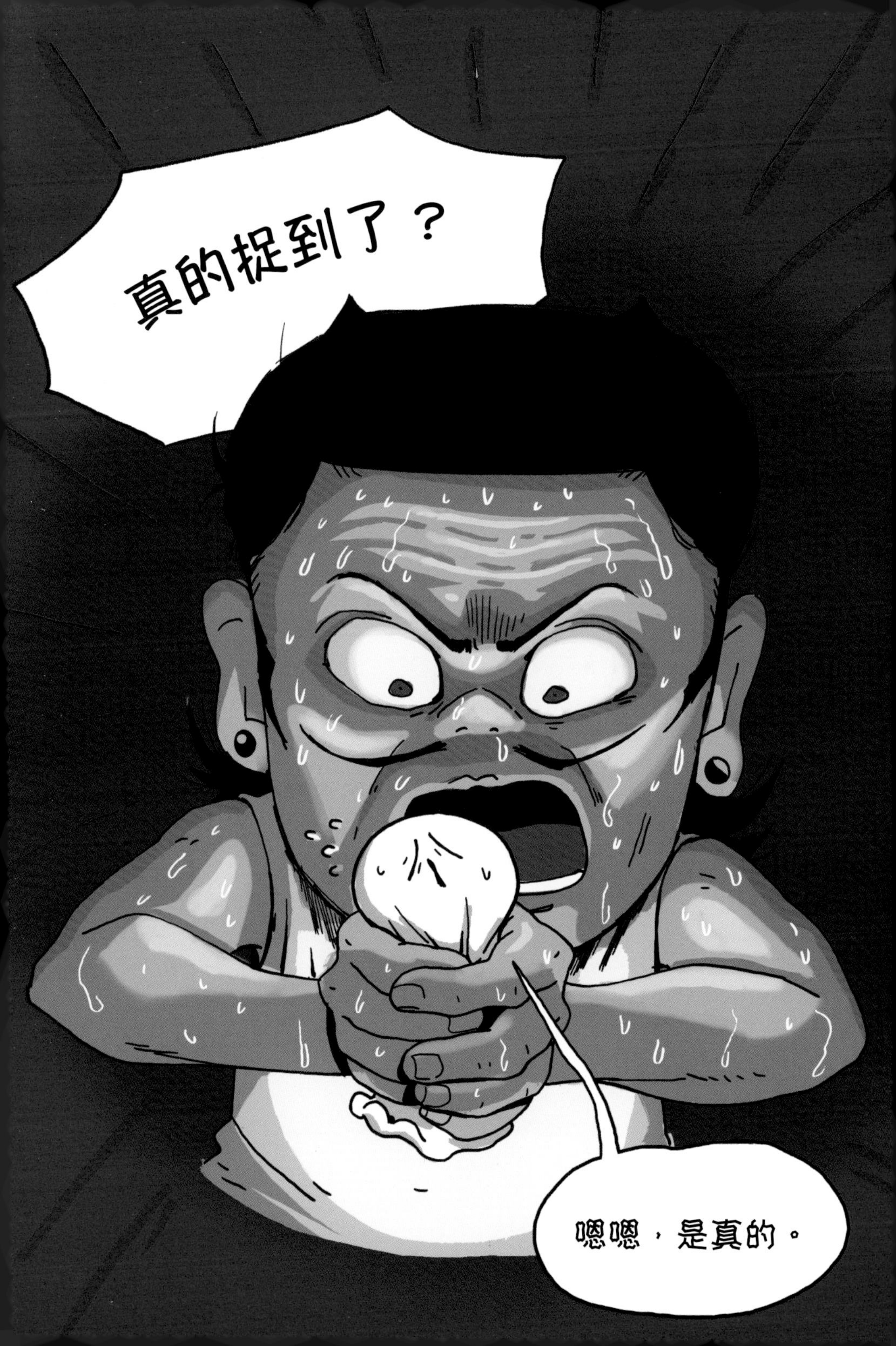
真的捉到了？
嗯嗯，是真的。

文具屋大叔一把將古仔手上寫着「水鬼」的鬼符搶了過來。

「讓我看看。」

你們，這個⋯⋯

有什麼問題嗎？

做得太好了♥

　　文具屋大叔老奸巨猾地看着他們，問道：「到底是怎麼捉到的？」

　　古仔挖了一下鼻孔說：「《百鬼全書》裏不是寫着『水下始，水下終』嗎？」

　　「這又如何？」

　　「所以我想到，水鬼既然遇水會變得更強，相反⋯⋯」

「守護天使決定請大家吃烤雞！」

聽到「烤雞」兩個字，古仔和烏多沉默不語。

「……」

「怎麼了？不喜歡吃烤雞？」文具屋大叔疑惑地問。

「不，不是！我最喜歡烤雞了！」他們興奮地說。

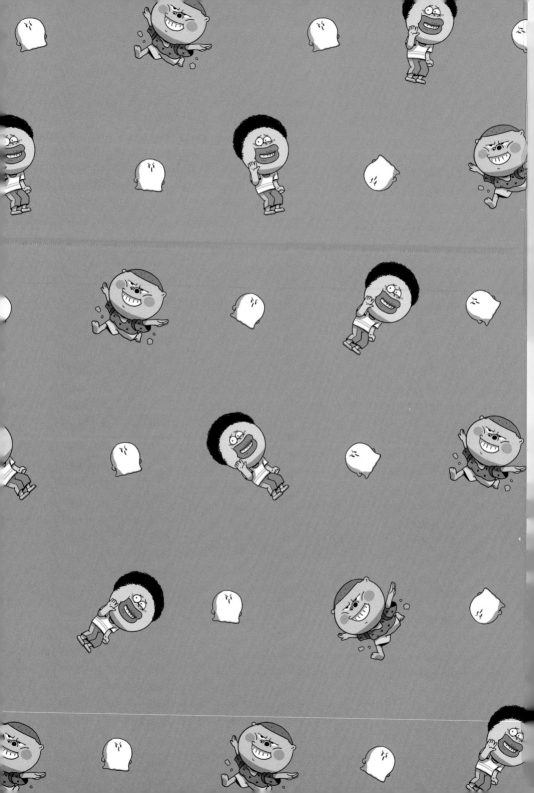